AJAX,

TRAGEDIE,

REPRÉSENTÉE

PAR L'ACADEMIE ROYALE

DE MUSIQUE;

Pour la premiere fois, le lundi 20 avril 1716.
Pour la seconde, le dimanche 16 juin 1726.

*Remise au théâtre le jeudi 2.*ᵐᵉ *août 1742.*

DE L'IMPRIMERIE

De J-B-CHRISTOPHE BALLARD, seul imprimeur
du Roi, et de l'academie royale de musique ;
A Paris, au Mont-Parnasse, rue saint Jean-de-Beauvais.

M. DCC. XLII.
Avec Privilége de Sa Majesté.

LE PRIX EST DE XXX. SOLS.

ACTEURS, ET ACTRICES
chantans dans les chœurs.

CÔTE' DU ROI.		CÔTE' DE LA REINE.	
Mesdemoiselles	*Messieurs*	*Mesdemoiselles*	*Messieurs*
Dun,	St. Martin,	Antier-C.,	Deferre,
	Marcelet,		Gratin,
Delorge,	Le Page,	Cartou,	Le Mesle,
	La Mare,		St. Amour,
	Fel,	Deshaigles,	Deshais,
Varquin,	Houbault,	Desgranges,	Levaffeur,
	Bourque,		Treizeville,
Dalmand-C.,	Bornet,	Gautier,	Chapotin,
	Gallard,		Buzeau,
Coupée.	Duchênet.	Mechain.	Dupleffis.

On vend la mufique d'AJAX, patition in-
quarto, *imprimée,* 12 livres.

ACTEURS CHANTANS
DU PROLOGUE.

PALE'S, *déeſſe des bergers*, Mlle Bourbonnois.

DIANE, Mlle Fel.

Suite de PALE'S.

Nymphes de la ſuite de DIANE.

UNE BERGERE, Mlle Coupée.

Bergers & bergeres.

ACTEURS DANSANS.
BERGERS ET BERGERES
de la ſuite de PALE'S.

Mademoiſelle Dalmand-L. ;

Monſieur Matignon, Mademoiſelle Le Breton,
Meſſieurs Dangeville, Levoir, Couque.
Meſdemoiſelles Bouquet, Minot, St Huray.

NYMPHES DE LA SUITE DE DIANE.

Meſdemoiſelles Carville, Rabon, Petit, Erny.

PROLOGUE.

PROLOGUE.

Le théâtre repréſente le temple de P A L E'S,
déeſſe des bergers.

SCENE PREMIERE.

BERGERS ET BERGERES.

UN BERGER ET UNE BERGERE.

*Atons-nous , Bergers , hâtons-nous ,*
Palés dans ces lieux va ſe rendre ,
De ſa bonté vous devez tout attendre.

Hâtons-nous , Bergers , hâtons-nous ,
Palés dans ces lieux va ſe rendre.

LA BERGERE.

Le doux printems a chaſſé les frimats ;
Zéphire & Flore
Ont déja fait éclore
Mille fleurs ſous nos pas :
Et les oiſeaux , ſous les naiſſans feuillages
Des forêts d'alentour ,
Nous annoncent le plus beau jour ,
Par leurs tendres ramages. é

CHOEUR.

Hâtons-nous, bergers, hâtons-nous,
Palés dans ces lieux va se rendre,
De sa bonté nous devons tout attendre.

Hâtons-nous, bergers, hâtons-nous,
Palés dans ces lieux va se rendre.

On danse.

SCENE II.

PALE'S, suite de PALE'S; et les acteurs
de la scene précédente.

PALE'S, aux BERGERS.

NE craignez plus dans ce charmant séjour,
Le bruit éclatant des trompettes.
Les échos seuls vont répondre à leur tour,
Aux sons de vos tendres musettes.

On danse.

UNE BERGERE.

Les plaisirs dans ce bocage,
Désormais suivront nos vœux.
Quand un cœur ici s'engage,
L'Amour sait le rendre heureux.
C'est pour le printems de l'âge,
Que sont faits les ris, les jeux.

On danse.

Le divertissement est interrompu par un bruit
de chasse.

PALES.

Quel bruit ici se fait entendre ?

Appercevant DIANE.

C'est Diane, et sa cour qui viennent nous surprendre.

SCENE III.

DIANE, NYMPHES de la suite de DIANE;
et les acteurs de la scene précédente.

DIANE, aux BERGERS.

PAr de plus nobles chants, dans cet heureux azile,
Célébrez le retour d'un bonheur si tranquille ;
Sous un HEROS naissant, dont les pas sont conduits
Par la Sagesse, et la Prudence,
Vous allez voir régner la paix & l'abondance,
Dont vous goutez les premiers fruits.

On danse.

DIANE.

Pour jouir d'un bonheur durable ,
Fuyez l'Amour, ce tiran redouté ;
De tous les biens on perd le plus aimable ;
Lorsque l'on perd la liberté.

On danse.

ē ij

PROLOGUE.

DIANE.

Loin de ces paisibles retraites,
Sur d'autres cœurs, Amour, lance tes traits:
Inspire ailleurs tes ardeurs inquietes,
Vole, laisse ces lieux en paix.

On danse.

PALES ET DIANE.

Tout est tranquille sur la terre,
Chantez, célébrez LE HEROS,
Qui fait régner un doux repos,
Où l'on voyoit régner les fureurs de la guerre.

CHOEUR.

Tout est tranquille sur la terre,
Chantons, célébrons LE HEROS,
Qui fait régner un doux repos,
Où l'on voyoit régner les fureurs de la guerre.

Danse de Nymphes & de Bergeres.

FIN DU PROLOGUE.

ACTEURS
DE LA
TRAGEDIE.

AJAX, *Roy des Locriens,* Mr Chaffé.

CASSANDRE, *fille de Priam,* Mlle Chevalier.

CORÉBE, *prince de Thrace, amant*
de CASSANDRE. Mr Jelyotte.

ARBAS, *confident d'*AJAX, Mr Berard.

PALLAS, Mlle Monville.

L'AMOUR, Mlle Coupée.

LA DISCORDE, Mr Cuvillier.

LA GRANDE PRÊTRESSE
de L'AMOUR, Mlle Eeremans.

UN GREC, M^r De la Tour.

UNE GRECQUE, Mlle Fel.

DEUXIE'ME GRECQUE, Mlle Bourbonnois.

UNE MATELOTTE, Mlle Bourbonnois.

x ACTEURS DE LA TRAGEDIE.

LOCRIENS *de la suite d'*AJAX,

TROYENS *&* TROYENNES *de la suite de* CASSANDRE.

Suite de LA DISCORDE.

SACRIFICATEURS *du temple de* L'AMOUR.

PRÊTRESSES *du temple de* L'AMOUR.

Furies qui sortent du temple de L'AMOUR.

Peuples de l'Isle de TENEDOS.

La scene est dans l'isle de TENEDOS.

DIVERTISSEMENS
de la tragedie.

PREMIER ACTE.
TROYENS ET TROYENNES;

Monſieur Javilliers-L. ;

Monſieur Javilliers-3., Mademoiſelle Carville,

Meſſieurs Monſervin , Guerardy , Malter-C.,

Matignon ;

Mlles Rabon , Petit , Dazencour , Courcelle.

SECOND ACTE.
SUITE DE LA DISCORDE;

Meſſieurs Javilliers-2., Monſervin, Dumay, Dupré,
Couque , P-Dumoulin, Malter-C., Matignon.

TROISIEME ACTE.
GRECS ET GRECQUES;

Monſieur Dupré ;

Meſſieurs Malter-C. , Matignon , Monſervin,

Guerardy.

QUATRIÈME ACTE.

PRETRESSES DE L'AMOUR;

Mademoiselle Le Breton;
Mesdemoiselles Rabon, Petit, Erny, Thiery,
Dazencour, Courcelle.

CINQUIÈME ACTE.

MATELOTS ET MATELOTTES;

Monsieur D-Dumoulin;

Messieurs F-Dumoulin, Hamoche, Couque,
Levoir;

Mademoiselle Camargo;
Mesdemoiselles S. Germain, Dazencour, Dary,
Bouquet.

AJAX,

A J A X,

TRAGEDIE.

ACTE PREMIER.

Le théâtre repréfente un endroit de l'ifle de TE´NE´DOS,
d'où l'on voit les ruines de Troye dans le fond, avec
un petit trajet de mer, entre deux.

❋❋

SCENE PREMIERE.

Pendant le lever de l'Aurore.

A J A X.

*Mour, redoutable vainqueur,*
Applaudis-toi de ta victoire ;
Après avoir triomphé de mon cœur,
Rien ne manque plus à ta gloire.

A

AJAX,

Nourri dans l'horreur des combats,
Ajax ne trouvoit des appas
Que dans le trouble & les allarmes:
Quel changement ! Que dira l'univers ?
Ajax soupire, il gemit dans tes fers,
Lui, qui bravoit le pouvoir de tes armes.

Amour, redoutable vainqueur,
Applaudis-toi de ta victoire ;
Après avoir triomphé de mon cœur,
Rien ne manque plus à ta gloire.

Pour dérober Cassandre aux regards curieux
Des princes de la Gréce,
Par mes ordres Arbas l'a conduite en ces lieux ;
Lui-même ignore ma tendresse ;
Mais il paroît.

✳✳✳

SCENE II.
ARBAS, AJAX.

ARBAS, furpris de voir AJAX.

Quoi ! Vous à Ténédos,
Seigneur, malgré l'affreux orage,
Où les vents cette nuit ont fignalé leur rage !
Qui vous a pû contraindre à traverfer les flots ?

AJAX.

L'Amour.

ARBAS.

L'Amour ! Aimeriez-vous Caffandre ?

AJAX.

J'en rougis ; mais quel cœur auroit pû s'en défendre ?

Rappelle-toi l'horreur de cette affreufe nuit,
Où le Troyen, d'un vain efpoir féduit,
Trouva dans Ilion la mort ou l'efclavage.
Attiré par les cris, le meurtre & le carnage,
Je volai, tout fanglant, au temple de Pallas :
Quel fpectacle ! Grands dieux ! J'apperçus la princeffe
Eperdue, & mourante aux pieds de la Déeffe :
Qu'en ce funefte état je lui trouvai d'appas,
Ou plutôt que j'eus de foibleffe !

A ij

A J A X,

Un seul regard de ses beaux yeux en pleurs
Désarma toutes mes fureurs.
Hélas ! Qui l'eût pû croire !
L'Amour avoit marqué ces momens pleins d'horreurs
Pour ma défaite & pour sa gloire.

A R B A S.

Seigneur, ignorez-vous
Que le prince de Thrace
Par le choix de Priam doit être son époux ?
Qu'il est amant aimé ?

A J A X.

Tout a changé de face.
Corébe est tombé sous mes coups.
Le sort a trahi son audace.

A R B A S, appercevant CASSANDRE.

Cassandre vient...

A J A X.

Arbas, retirons-nous.
Pour calmer, s'il se peut, la douleur qui la presse,
Rassemblons les Troyens captifs dans ce séjour :
Je veux briser leurs fers aux yeux de la princesse :
Qu'ils viennent dans ces lieux montrer leur allégresse,
Et de leur liberté rendre grace à l'Amour.

Ils se retirent.

SCENE III.

CASSANDRE.

CASSANDRE, regardant les ruines de Troye.

Lieux désolés, objet triste & funeste,
 Helas ! Dans mes cruels malheurs,
  Le seul bien qui me reste,
Est de vous voir & de verser des pleurs.

Ilion ! tu n'es plus qu'un vain monceau de cendre,
Tes palais renversés, & tes temples détruits,
Sont d'un fatal amour les déplorables fruits;
  Que de sang il a fait répandre !
  Par lui mon pere est au tombeau,
Mes freres ne sont plus, & l'amant le plus tendre,
  Corébe, en voulant nous défendre,
A vû de ses beaux jours éteindre le flambeau.

  Lieux désolés, objet triste & funeste,
  Helas ! Dans mes cruels malheurs,
   Le seul bien qui me reste,
  Est de vous voir & de verser des pleurs.

J'ai prédit mille fois le destin déplorable,
  Qui conduisoit les Troyens au trépas;
  Mais, animés d'une haine implacable,
  Les cruels ne m'écoutoient pas.

SCENE IV.
AJAX, CASSANDRE.

AJAX.

C'Eſt trop entretenir cette ſombre triſteſſe.
Si vous avez du ſort éprouvé les revers,
Je vous aime, belle Princeſſe,
Et veux les réparer aux yeux de l'univers.

CASSANDRE, à part.

O ciel!

AJAX.

Mon ardeur pour la gloire
M'a fait voler dans ces climats;
Dans les périls, dans les combats
Je me ſuis fait un nom d'éternelle mémoire;
Mais de quoi m'ont ſervi tant d'exploits glorieux?
Les pleurs qu'il en coute à vos yeux,
Me font moins aimer la victoire.

CASSANDRE.

La victoire! Grands dieux! Peut-on donner ce nom
Aux malheurs qu'ont cauſé la fureur & la rage?
Eh! Que vous avoit fait notre illuſtre Ilion
Pour le remplir d'horreur & de carnage?
A cet objet * qui fait frémir d'effroi,
Cruel, reconnois ton ouvrage.

* Elle lui montre les ruines de Troye.

AJAX.

Telle étoit du deſtin l'irrévocable loi.

Mais envain sa rigueur vous livre à l'esclavage ;
J'entreprens de vous secourir ;
J'ai, malgré ses arrêts, un trône à vous offrir ;
Souffrez qu'Ajax avec vous le partage.

CASSANDRE.

O ciel ! Tu mets enfin le comble à mes malheurs.

à AJAX.

C'étoit trop peu d'avoir dans ta colere,
Détruit & renversé l'empire de mon pere,
J'ai vû couler son sang avec mes pleurs ;
Faut-il qu'Ajax, la main encor fumante
De celui de Corébe, à mes yeux se présente ?
Ah ! C'en est trop, injustes Dieux !
Ma mort trompera son attente,
Et saura m'affranchir d'un hymen odieux...

On entend le bruit d'une marche éclatante.

Qu'entens-je ! Quels concerts !...
Ah ! Fuyons de ces lieux.

A J A X, l'arrêtant.

Demeurez, Inhumaine :
De vos Troyens voyez briser les fers ;
Que leur bonheur du moins suspende votre haine.

S C E N E V.

A J A X, C A S S A N D R E.

LO CRIENS de la ſuite D'AJAX, qui aménent les
TROYENS & les TROYENNES de la ſuite de
CASSANDRE, après leur avoir ôté leurs chaînes.

A J A X, C A S S A N D R E.

A J A X, aux Troyens.

CHantez, célébrez votre reine,
Rendez hommage à ſa beauté :
 Elle a briſé votre chaîne ;
Chantez, célébrez votre reine,
Vous lui devez la liberté.

C H OE U R.

Chantons, célébrons notre reine,
Rendons hommage à ſa beauté :
 Elle a briſé notre chaîne ;
Chantons, célébrons notre reine,
Nous lui devons la liberté.

On danſe.

UN G R E C.

Heureux les cœurs qu' Amour bleſſe,
Les maux, les pleurs & les ſoupirs ;
 Tout charme dans la tendreſſe,
Sans elle il n'eſt point de plaiſirs.

LE CHOEUR, Heureux, &c.

LE GREC.

LE GREC.

Ce Dieu fait après mille allarmes,
D'un tendre amant payer les larmes,
Et combler ses plus ardens desirs.

LE CHOEUR, *Heureux*, &c.

LE GREC.

nsensibles cœurs,
Songez à vous rendre ;
Pourquoi vous défendre
Des tendres ardeurs ?

LE CHOEUR, *Heureux*, &c.

On danse.

UNE GRECQUE.

Aussi léger que l'inconstant Eole,
Le Tems, fieres Beautés, qui détruit vos attraits,
Incessamment fuit & s'envole,
Et ne revient jamais :

Profitez, jeunes cœurs, de la saison charmante
Où tout doit rire à vos desirs ;
C'est dans la jeunesse brillante
Que doivent regner les plaisirs.

On danse.

B

SCENE VI.

ARBAS; Et les acteurs de la scene précédente.

ARBAS, à AJAX.

SEigneur, Ulysse est sur ces bords,
Envoyé par les Grecs...

AJAX.

Ciel ! Que viens-tu m'apprendre?

à part.

Ulysse!... En veut-il à Cassandre?...
Loin de contraindre mes transports,
J'opposerai la force à l'artifice.
Ah! si l'on veut m'ôter l'objet de mon amour,
Il faut qu'on m'arrache le jour.

à CASSANDRE.

J'éprouve en vous quittant le plus cruel supplice;
Mais Ulysse m'attend, je ne puis différer;
Votre interét, ma gloire, tout m'en presse:
Songez, belle princesse,
Que mon amour peut réparer
Les maux que vous a faits la Gréce.

B

SCENE VII.

CASSANDRE.

DIeux, qui veillez encor pour nous,
Faites sentir aux Grecs votre fatal couroux.
Hâtez-vous de servir ma haine,
Jettez le trouble dans leurs cœurs;
Que l'enfer contre-eux se déchaîne,
Qu'errans & vagabonds sur la liquide plaine,
Des fiers tirans des airs ils sentent les fureurs;
Que leurs maux, s'il se peut, égalent nos malheurs.

FIN DU PREMIER ACTE.

B ij

ACTE SECOND.

Le théâtre repréfente des bois et des rochers
fur les côtés, et la mer dans le fond.

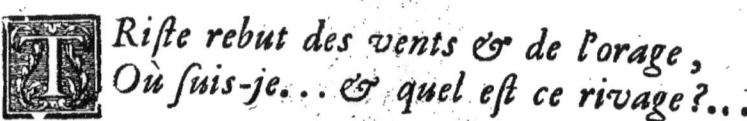

SCENE PREMIERE.

COREBE.

COREBE, regardant de tous côtés.

Rifte rebut des vents & de l'orage,
Où fuis-je... & quel eft ce rivage?...
Corébe infortuné, des dieux cruels & fourds
Qu'efperes-tu dans ta douleur profonde?
Tu demandes envain qu'ils terminent tes jours,
C'eft pour en prolonger le cours,
Que contre les fureurs, & des Grecs & de l'onde,
Ces dieux, ces mêmes dieux t'ont donné du fecours.

Que dis-je ! Ils font touchés de ma peine cruelle ;
Un froid mortel glace mes fens ,
Mes yeux font obfcurcis , je frémis , je chancelle ;
Tout fe dérobe à mes regards mourans ;
Caffandre , je vous perds ! Cher objet que j'adore !
Privé du tendre efpoir de vous revoir encore ,
Je céde , avec plaifir , aux maux que je reffens.

Il tombe accablé fur un gazon.

SCENE II.

CASSANDRE, fans voir CORE'BE.

CASSANDRE.

ROchers, que tant de fois j'arrofai de mes larmes,
Et vous, Echos, à qui feuls en ces bois
Je confiois mes mortelles allarmes,
Je viens me plaindre à vous pour la derniere fois.

Il eft tems de finir un honteux efclavage,
Je fuis feule en ces lieux ; qui pourroit m'arrêter ?
Faifons rougir le deftin qui m'outrage,
De fa conftance à me perfécuter.

Rochers, &c.

Regardant la mer.

A mes juftes fureurs il faut que tu répondes,
Terrible dieu des mers ;
C'eft par le fecours de tes ondes,
Que je prétens m'ouvrir le chemin des enfers.

Elle veut fe précipiter dans la mer, et trouve
COREBE fous fes pas.

Mais quel objet fe préfente à ma vûe !
Ah ! Corebe, eft-ce vous que je vois fur ces bords ?
Ou fuis-je déja defcendue
Dans le trifte féjour des morts ?

COREBE, revenant à lui.

Que vois-je !... Ma princesse !.. En quels lieux
sommes-nous ?...

Dieux ! Quelle est ma surprise !
Se peut-il que le ciel enfin me favorise,
Et ne serois-je plus l'objet de son couroux ?

CASSANDRE.

Helas !

COREBE.

Vous soupirez ! Vous répandez des larmes.

CASSANDRE.

La joie & la douleur m'agitent tour à tour.
Votre péril me cause mille allarmes,
Il empoisonne tous les charmes,
Qu'à vous revoir eût gouté mon amour.
Mais, qui vous a conduit sur ce fatal rivage ?
Quel Dieu propice a pris soin de vos jours ?

COREBE.

Blessé, presque mourant, j'ai trouvé du secours ;
Arraché malgré moi du meurtre & du carnage,
Je venois vous tirer d'un indigne esclavage,
L'Amour me conduisoit ; lorsque le dieu des eaux,
Dans l'horreur de la nuit, a brisé mes vaisseaux
Sur les rochers de ce séjour sauvage.

CASSANDRE.

Fuyez, Seigneur, fuyez de ces bords dangereux.
Corébe à Ténédos ! Dieux ! Je frémis, je tremble !
Helas ! Quand le ciel nous raffemble,
Eft-ce pour vous livrer au fort le plus affreux ?
Ajax eft fur ces bords...

COREBE.

Ajax eft généreux.
A nos malheurs il deviendra fenfible...

CASSANDRE.

Il eft votre rival.

COREBE.

O ciel ! Eft-il poffible ?

CASSANDRE.

Que n'en puis-je douter ! O mortelles douleurs !
Vos jours font expofés aux barbares fureurs,
D'un rival jaloux, redoutable ;
Helas ! Quel eft le fort de nos tendres amours !
Votre haine, grands dieux, doit-elle être implacable ?

COREBE.

Je mourrai trop content, fi vous m'aimez toujours.

ENSEMBLE.

Je vous promets une ardeur éternelle :
Malgré les deftins rigoureux,
Rien ne pourra brifer les nœuds
D'une chaîne fi belle.

On entend une douce fymphonie.

Mais

Mais, quel éclat frappe nos yeux ?...
Quels doux concerts se font entendre ?...
Un nuage brillant s'avance vers ces lieux !
Pallas s'empresse d'y descendre.

✱✱✱✱✱✱✱✱✱✱✱✱✱✱✱✱✱✱✱✱✱✱✱✱✱✱✱✱✱✱✱✱✱✱✱✱✱

SCENE III.

PALLAS, CASSANDRE, COREBE.

PALLAS.

Esperez un sort plus heureux.
Ajax n'est pas encore au comble de ses vœux :
Il osa profaner mon temple,
En arrachant Cassandre à mes autels.
Pour l'en punir, Pallas doit un exemple,
Qui fasse trembler les mortels.

Sors, Discorde inhumaine,
Sors des gouffres profonds où le destin t'enchaîne ;
Va dans les cœurs des Grecs verser tes noirs poisons,
Redouble leurs fureurs, et leurs jaloux soupçons ;
Du sacrilége Ajax rens l'esperance vaine.

S C E N E I V.

Les acteurs de la scene précédente, LA DISCORDE,
SUITE DE LA DISCORDE.

LA DISCORDE, à PALLAS.

*N*ous *allons remplir tes souhaits.*

On danse.

LA DISCORDE.

> *Chassons de la terre*
> *Le calme & la paix.*
> *Qu'une horrible guerre*
> *Y regne à jamais.*
> *Chassons de la terre*
> *Le calme & la paix.*

CHOEUR, *Chassons*, &c.

On danse.

LA DISCORDE.

> *Déchaînons la rage,*
> *Les noires fureurs,*
> *Et que leur ravage*
> *Trouble tous les cœurs.*

CHOEUR, *Déchaînons*, &c.

On danse.

PALLAS, à LA DISCORDE.

Difcorde, allez, volez, & fervez ma colere.

LA DISCORDE s'envole au camp des Grecs.

PALLAS à COREBE, voyant venir AJAX.

Ton rival porte ici fes pas,
Il te croit defcendu dans la nuit du trépas,
Son erreur nous eft néceffaire.
Eloigne-toi.

COREBE, en s'en allant.

J'obéis à Pallas.

PALLAS, à CASSANDRE.

Je vais trouver Neptune, il faut qu'il me feconde.
Protecteur des Troyens,
A mes reffentimens il unira les fiens;
Defcendons dans le fein de l'onde.

Elle defcend dans la mer.

CASSANDRE, voyant AJAX.

Ajax paroît, fuyons.

SCENE V.
CASSANDRE, à AJAX.

AJAX, à CASSANDRE qui veut l'éviter.

Vous voulez m'éviter ?
O ciel ! Quelle rigueur extrême !
Belle princesse ! Hé ! Dumoins pour vous-même,
Daignez un moment m'écouter.
Savez-vous où les Grecs osent porter leur haine ?
Ils veulent vous donner des fers ;
Mais d'Ulysse & des Grecs l'attente sera vaine :
Et je vous défendrai contre tout l'univers.
Pour prévenir leur implacable rage,
Par des nœuds solemnels unissez-vous à moi.
De votre liberté ma main sera le gage...
Vous ne répondez point ? Ah ! Quel mortel outrage !
Entre d'indignes fers, et le don de ma foi,
Choisissez, il est tems.

CASSANDRE.
Je choisis l'esclavage.

AJAX.
Quels mépris ! C'est trop les souffrir.

ENSEMBLE.

CASSANDRE. } Vous voyez { ma douleur mortelle,
AJAX. } { mon ardeur fidelle,

Et je ne puis vous attendrir !
Contre une injustice cruelle

CASSANDRE. } C'est { aux Dieux à me } secourir.
AJAX. } { à moi de vous }

AJAX.

Malgré vous, injuste princesse,
Je vais pour notre hymen faire tout préparer.
Les menaces des Grecs, mes feux, tout vous en presse,
Il ne peut plus se différer.
Votre fierté veut envain s'en défendre,
C'est au pied des autels qu'Ajax va vous attendre.

CASSANDRE seule.

Poursuis, poursuis, barbare, et par ces derniers traits,
Aux yeux de l'univers consomme tes forfaits.

FIN DU SECOND ACTE.

ACTE TROISIÉME.

Le théâtre représente le vestibule du temple
DE L'AMOUR.

✸✸✸✸✸✸✸✸✸✸✸✸✸✸✸✸✸✸✸✸✸✸✸✸✸✸✸✸✸✸✸✸✸✸✸✸✸✸

SCENE PREMIERE.
CASSANDRE, COREBE.

CASSANDRE, à COREBE.

 *U courez-vous, Cruel? Que peut votre colere?*
Oubliez-vous qu'Ajax est le maître en ces
lieux ?

COREBE, s'avançant vers le temple.

Je le verrai ce tiran odieux...

CASSANDRE

O ciel ! Quel projet téméraire ?

COREBE.

Je vais venger à la face des dieux,
L'outrage qu'il ose vous faire.

CASSANDRE.

Les conseils de Pallas, que sont-ils devenus ?

COREBE.

Puis-je les écouter ? Je ne me connois plus.

CASSANDRE.

Cher prince, au nom de ma tendresse,
Attendons son secours, ne précipitons rien,
C'est Cassandre qui vous en presse,
Songez qu'à votre sort elle attache le sien.

COREBE.

Cependant je vous pers. Quel supplice est le mien !
Et vous me refusez, inhumaine Princesse,
Le funeste plaisir d'expirer à vos yeux ?

CASSANDRE.

Quoi ! Rien ne peut calmer tes transports furieux ?
Tu veux mourir, cruel, aux yeux de ton amante ?
Conçois-tu par quels coups cette image sanglante
Dechireroit mon tendre cœur ?
Quel spectacle, grands dieux ! J'en préviendrai l'hor-
reur ;
Ma main va m'immoler à ma juste douleur,
Et, devançant tes pas, mon ombre impatiente
Ira seule aux enfers gémir de ta fureur...

Appercevant AJAX, et les facrificateurs du temple
de L'AMOUR.

Ciel! On vient ; c'eft Ajax , évite fa préfence.

C O R E B E, s'en allant.

Vous craignez pour mes jours ! Je dois les conferver;
Mais s'il ofe plus loin porter la violence,
De fes fureurs je faurai vous fauver,
En l'immolant à ma vengeance.

SC. II.

SCENE II.

CASSANDRE, AJAX, SACRIFICATEURS du temple de L'AMOUR, Grecs de la suite D'AJAX.

MARCHE.

AJAX, à CASSANDRE.

Voyez ce que je fais pour vous,
Princesse, à mon ardeur cessez d'être rebelle ;
Venez remplir le Trône où mon choix vous appelle,
Malgré les Grecs, et le sort en couroux.
  Au Peuple.
Peuples soumis à mon obéissance,
Pour célébrer un si beau jour,
Chantez l'Amour,
Chantez sa gloire & sa puissance.

CHOEUR.

Pour célébrer un si beau jour,
Chantons l'Amour,
Chantons sa gloire & sa puissance.

Que ces heureux époux,
Dans les plaisirs, dans l'abondance,
Regnent à jamais sur nous.
Chantons l'Amour, chantons sa gloire & sa puissance.

On danse.

D

UNE GRECQUE.

Les tendres soins & la constance
Triomphent de l'indifférence.
Aimez, aimez, sensibles cœurs,
Ne perdez jamais l'esperance :
Envain on vous fait résistance,
Tôt ou tard vous serez vainqueurs.
Les tendres soins et la constance
Triomphent de l'indifférence.

On danse.

AJAX, à CASSANDRE.

Princesse, il est tems de vous rendre,
Il est tems que l'hymen m'assure de vos feux :
Le soin de vôtre gloire en doit presser les nœuds,
Allons, c'est trop vous en défendre.

CASSANDRE, fiérement.

Tu le prétens envain, à tes feux odieux
Tout s'oppose à la fois, mon devoir & les dieux.
De leurs sacrés autels, où j'étois attachée,
Par tes profanes mains je me vis arrachée,
Barbare, crains ces dieux, crains leur fatal courroux.

AJAX.

Non, mon amour les brave tous.
Venez...

SCENE III.

CORÉBE, Et les acteurs de la scene précédente.

CORÉBE, en portant la main sur son épée.

ARrête, Ajax, Corébe vit encore ;
Ose lui disputer un objet qu'il adore.

CHOEUR des peuples.

Quelle fureur ! Quels coupables transports !

Les Grecs désarment CORÉBE.

AJAX.

Que vois-je ? O ciel ! Mon rival sur ces bords !
Quels dieux t'ont rappellé du ténebreux rivage,
Toi, que j'ai cru descendu chez les morts ?
N'as-tu donc pas assez éprouvé mon courage ?
Téméraire, que prétens-tu ?

CORÉBE.

Ou la mort, ou Cassandre.

AJAX.

Ton bras dans Ilion devoit mieux la défendre.
C'est un bien qui n'est dû qu'à moi,
Suspens les mouvemens d'une vaine colere,
Dès qu'au pied des autels j'aurai reçu sa foi,
Je suis prêt de te satisfaire,
Comme rival, ou comme roi.

Aux Grecs.

Qu'on l'éloigne.   (On emméne C O R E B E.)

Aux facrificateurs.

Achevons.

C A S S A N D R E , entrant en fureur prophétique, lorfqu'A J A X s'approche d'elle.

Ajax , écoute-moi.
Refpecte le dieu qui m'agite...
Où fuis-je ?... Et quelle horreur fubite
S'empare de mes fens !... Ciel ! Qu'eft-ce que je voi ?
L'inftant fatal approche où ta perte eft certaine,
Les dieux vont fe venger , et je te vois courir
Au précipice affreux où ta fureur t'entraîne,
Rien ne fauroit te fecourir...
Dieux ! Quel défordre !... Quel ravage !...
De quels feux s'allument les airs !...
L'onde mugit ?... Ses gouffres font ouverts !...
Tout annonce à mes yeux un funefte naufrage...
Que de pleurs !... Que de cris !...
De vaiffeaux embrafés , quel horrible débris !...
Ajax , en vain tu fais tête à l'orage...
La foudre gronde.... elle part, tu péris.

CASSANDRE fuit dans le temple, et les facrificateurs
l'y fuivent.

SCENE IV.

AJAX, GRECS de la suite d'AJAX.

AJAX.

MEprifons les tranfports d'une inutile rage,
Ajax a mille fois affronté le trépas,
    Pourroit-il craindre un vain préfage ?
AJAX veut entrer dans le temple, il en eft empêché
par des furies qui en fortent, des flambeaux allumés
à la main. Le temple tremble & fe referme.

CHOEUR.

    La terre tremble fous nos pas,
        Ah ! Quel défordre horrible !
Fuyons, fuyons des dieux la vengeance terrible.

SCENE V.

AJAX.

PAr ces noires horreurs croit-on m'intimider ?
Non, rien ne peut me contraindre à céder.

    Vainement l'ingrate que j'aime
    Se refufe à mes tendres feux ;
Malgré les Grecs, les dieux, et Caffandre elle-même,
    Ce jour verra combler mes vœux.

FIN DU TROISIEME ACTE.

ACTE QUATRIÉME.

Le théâtre repréſente le temple de L'AMOUR.

SCENE PREMIERE.

AJAX.

Nvain la ſuperbe Caſſandre
A cru trouver un azile en ces lieux ;
Envain l'enfer, armé pour la défendre,
A déchaîné des monſtres furieux ;
　　Mon bras, ſecondant mon courage,
Juſqu'au pied des autels s'eſt ouvert un paſſage.
Qui pourra me ravir un bien ſi précieux ?
　　J'oſe le diſputer aux dieux...
Que dis-tu malheureux ! Que deviendra ta gloire ?
Veux-tu laiſſer d'Ajax une indigne mémoire ?...
Mais céder ce que j'aime !... Etouffons ce remord ;
Non, l'Amour dans mon cœur doit être le plus fort.
Triomphons, triomphons d'une beauté cruelle :
Qu'elle éloigne un amant à mon amour fatal,
　　Ou forçons-la d'être infidelle,
　　Aux yeux même de mon rival.

SCENE II.

CASSANDRE, AJAX.

CASSANDRE.

Toi dans ces lieux! Barbare.
Les prêtres, les autels, rien n'a pû t'arreter?
Même contre les dieux ta rage se declare:

AJAX.

Ne cherchez point à m'irriter.
Cruelle, ç'en est trop; j'ai peine à me contraindre:
Las de souffrir, las de me plaindre,
Ma fureur pourroit éclater.

CASSANDRE.

Frappe... Qui retient ta colere ?
En m'arrachant à toi, la mort saura me plaire.

AJAX.

Vainement au trépas vous voulez vous offrir.
Malgré vos fiers mépris je vous aime, inhumaine,
C'est sur un autre objet que doit tomber ma haine.

CASSANDRE.

C'en est donc fait ? Corébe va perir.
Ciel!

AJAX,

AJAX.

Si l'espoir de le sauver vous flatte,
Plus vous l'aimez ingrate,
Plus vous devez lui montrer de mépris.
En rival généreux j'excuse son audace.
Qu'éloigné de vos yeux, il regne sur la Thrace,
Qu'il parte ; je le veux, ses jours sont à ce prix.

CASSANDRE.

Il mourra donc ! En vain tu crois lui faire grace,
Non , je connois trop son amour ;
Mais je partagerai le sort qui le menace,
Nous descendrons ensemble au ténébreux séjour.

AJAX, voyant qu'on améne COREBE.

On améne en ces lieux ce rival que j'abhorre,
Qu'il éteigne l'ardeur dont son cœur est épris.
Pour la derniere fois, je le répéte encore,
Qu'il parte ; je le veux ; ses jours sont à ce prix.

SC. III.

SCENE III.

CASSANDRE, COREBE,
amené par des Gardes.

COREBE.

Est-ce vous que je vois, trop aimable princesse ?
A qui dois-je un bonheur qui passoit mon espoir ?

CASSANDRE.

A quelle épreuve, ô ciel, mets-tu notre tendresse ?
Que nous payerons cher le plaisir de nous voir !

COREBE.

Votre cœur se trouble ! Il soupire !
A de plus grands malheurs veut-il me préparer ?

CASSANDRE.

Cher prince... il faut... Dieux ! Que vais-je lui dire ?

COREBE.

Achevez ?

CASSANDRE.

Pour jamais, il faut nous séparer.

COREBE.

Nous séparer ! Non, non, rien ne peut m'y contraindre.
Si Corebe vous perd, qu'a-t-il encore à craindre ?

E

CASSANDRE.

Partez, ou d'un rival irrité, furieux,
   Vous allez être la victime.

COREBE.

Moi, vous abandonner au pouvoir odieux
   Du barbare qui vous opprime ?

CASSANDRE.

  Ah ! Sa fureur ne menace que vous.
Au nom des tendres nœuds que l'Amour fit pour nous,
  Soyez sensible au trouble de mon âme,
Prince, sauvez des jours qui me sont précieux ;
   Partez, et remettons aux dieux
Le soin de protéger une si belle flamme.

❖❖❖❖❖❖❖❖❖❖❖❖❖❖❖❖❖❖❖❖❖❖❖❖❖❖❖❖❖❖

SCENE IV.

CASSANDRE, COREBE, ARBAS,
accompagné des gardes.

ARBAS, à COREBE.

SEigneur, on vous attend au port.
   Ajax ne veut plus qu'on différe.

COREBE.

Le cruel ! Livrons-nous à toute sa colere.
   Je vais...

CASSANDRE, l'arrêtant.

     Quel furieux transport !
  O ciel ! Que prétendez-vous faire ?

COREBE, en s'en allant.

Je vais lui demander la mort.

CASSANDRE.

à COREBE, à ARBAS, qui l'empêche de suivre

CORÉBE.

Arrêtez.... Ah! pourquoi m'empêcher de le suivre ?...
C'en est fait, il court au trépas.
Dans le péril où son grand cœur le livre,
Amour, ne l'abandonne pas.

CASSANDRE agitée, va de tous côtés pour chercher un passage, et suivre CORÉBE, elle est arrêtée par une douce symphonie.

Le temple de l'Amour devient plus brillant.

CASSANDRE.

Quels sons touchans se font entendre ?...
Quel pouvoir, malgré-moi, m'arrête dans ces lieux ?...
Cet éclat, ces concerts, tout annonce à mes yeux,
Que le tendre Amour va descendre.

✳✳

SCENE V.

CASSANDRE, LA GRANDE-PRETRESSE du temple de L'AMOUR, PRESTRESSES.

CHOEUR.

CHantons l'Amour le plus charmant des dieux,
Sur tous les cœurs il étend sa puissance :
C'est lui qui descend dans ces lieux,
Tout y ressent son aimable présence.

Chantons l'Amour, &c.   On danse.

LA GRANDE PRETRESSE,

Charmant Amour, tes traits victorieux
Ont triomphé de la terre & des cieux.

Jupiter quitte son tonnerre
Pour se livrer à tes traits les plus doux ;
Le terrible dieu de la guerre
Soupire & gémit de tes coups ;
Et , jusqu'en ses grottes profondes,
Tu brûles de tes feux le souverain des ondes.

CHOEUR, *Charmant Amour*, &c.

LA GRANDE PRETRESSE.

Un Mortel te doit-il disputer la victoire,
En s'opposant à tes arrêts ?
Rens heureux deux amans , unis-les à jamais,
Amour, il y va de ta gloire.

CHOEUR, *Charmant Amour*, &c.

On danse.

LA GRANDE PRETRESSE.

Sans l'Amour, et sans ses charmes ,
Tout languit dans l'univers :
Quand un cœur lui rend les armes,
Rien n'est plus doux que ses fers.

En aimant avec constance ,
On obtient la récompense
De tous les maux qu'on a soufferts.

CHOEUR, *Sans l'Amour*, &c.

LA GRANDE-PRÊTRESSE.
Tendres cœurs, que ce dieu blesse,
Livrez-vous à la tendresse,
Mille plaisirs vous sont offerts.

CHOEUR, *Sans l'Amour,* &c.
Pendant le chœur & les danses, L'AMOUR descend.

SCENE VI.

L'AMOUR, sur son char ; et les acteurs
de la scene précédente.

L'AMOUR,

Seche tes pleurs, Cassandre, interromps en le cours.
L'Amour prend part à tes douleurs mortelles,
Aime. De ta constance espére du secours,
Je protége les cœurs fidelles.

L'AMOUR s'envole, et les prêtresses se retirent.

SCENE VII.

CASSANDRE.

Amour, tu veux en vain rappeller dans mon cœur
La timide esperance :
Peut-être mon amant, pour prix de sa constance,
D'Ajax en ce moment éprouve la fureur ?
Ah ! C'est trop demeurer dans ce doute funeste,
Courons, volons à son secours ;
Si je ne puis sauver ses jours,
Je le suivrai dumoins, c'est l'espoir qui me reste.

FIN DU QUATRIEME ACTE.

ACTE CINQUIÉME.

Le théâtre représente une rade où il y a
plusieurs vaisseaux.

SCENE PREMIERE.

AJAX.

*Quoi m'exposes-tu, triste & fatale flamme !...*
Quel trouble !.. Quels combats s'élévent dans
mon ame !
Punirai-je un rival, qu'aveugle son amour ?
Il brave ma clémence, il veut perdre le jour...
Non, tu ne mourras point, plus forte que ma haine,
Ma gloire te défend, et fait ta sûreté.
Le sang des rois doit être respecté.
Et toi, qui partageois, et ses feux & sa peine,
Renonce pour jamais au plaisir de le voir ;
Tes pleurs, tes cris, ton desespoir,

Ne crois pas que rien me fléchisse ;
Tu te plais, inhumaine, à faire mon malheur,
Mais j'attens de l'amour qui gémit dans ton cœur,
Et ma vengeance, et ton supplice.

SCENE II.

AJAX, ARBAS.

ARBAS.

S Eigneur, il faut des Grecs repousser les efforts.
Hâtez-vous, le tems presse ;
Leur flotte se prépare à fondre sur ces bords.

AJAX.

Va, fais en ce moment embarquer la princesse :
Qu'un seul de mes vaisseaux la porte en mes états ;
Si la flotte des Grecs à la suivre s'empresse,
Je saurai l'arrêter par l'effort de mon bras.

ARBAS.

Je vais remplir vos vœux.

AJAX.

Que le prince de Thrace
Au même instant soit mis en liberté.
Il suffira, pour punir son audace,
De lui ravir l'objet dont il est enchanté.

ARBAS sort.

S C E N E III.

A J A X.

*A*Mour, cruel Amour, finis ton injustice,
Cesse de t'opposer au plus doux de mes vœux ;
Mon cœur de sa fierté t'a fait un sacrifice,
Il aime, et c'est toi seul qui peut le rendre heureux.
Amour, cruel Amour, finis ton injustice,
Cesse de t'opposer au plus doux de mes vœux.

Si tu trahis mon esperance,
Redoute, Amour, redoute ma vengeance :
Je renverserai les autels
Qui te sont élevés par les foibles mortels.
Si tu trahis mon esperance,
Redoute, Amour, redoute ma vengeance.

SC. IV.

SCENE IV.

A J A X, LOCRIENS & LOCRIENNES, qui viennent se réjouir de leur retour en Gréce. PEUPLES de l'isle de Ténédos, qui viennent voir leur embarquement.

A J A X, aux Matelots.

Vous qui partagiez les travaux,
Où m'avoit exposé la gloire
Venez, dans le sein du repos,
Jouir des fruits de ma victoire.

CHOEUR.

| LES LOCRIENS. | *Chantons, célébrons* | } |
| LES PEUPLES DE TENEDOS. | *Chantez, célébrez* | *la gloire* |

Du plus grand des Héros.

| LES LOCRIENS. | *Allons* | } |
| LES PEUPLES DE TENEDOS. | *Allez* | *dans le sein du repos,* |

Jouir des fruits de sa victoire.

On danse.

UNE MATELOTTE.

Qui s'embarque dans le bel âge,
Trouve à la fin un heureux sort.
Malgré les vents, malgré l'orage,
L'Amour sait nous conduire au port.
Qui s'embarque dans le bel âge,
Trouve à la fin un heureux sort.

On danse.

F

AJAX,

LA MATELOTTE.

Sans les craintes, sans les allarmes,
L'Amour dans le calme s'endort.
Les tendres soupirs, et les larmes,
Servent à le rendre plus fort.
Sans les craintes, sans les allarmes,
L'Amour dans le calme s'endort.

On danse.

LA MATELOTTE.

Ne craignons point de quitter le rivage,
Si les Amours sont avec nous.
Les cœurs qui leur rendent hommage,
Bravent les vents, et leur couroux.
Ne craignons point de quitter le rivage,
Si les Amours sont avec nous.

On danse.

SCENE V.

ARBAS, et les acteurs de la scene précédente.

ARBAS, à AJAX.

Sur ce vaisseau, * Seigneur, au gré de vos desirs,
Cassandre a quitté ce rivage :
Corébe en a frémi de colere & de rage,
Rien ne peut égaler leurs mortels déplaisirs.

* Il lui montre un vaisseau qui passe dans le fond du théâtre, et dans lequel est CASSANDRE.

AJAX.

Pour la suivre, ma flotte est prête.
Partons.

AJAX s'embarque avec les Locriens.

SCENE VI.

AJAX, sur son vaisseau. Les peuples de Ténédos,
restés sur le rivage.

COREBE, à AJAX.

B Arbare Ajax, arrête.
Rens-moi l'objet que j'aime, ou termine mon sort.

AJAX, de dessus son vaisseau.

Ce seroit t'épargner que te donner la mort.
Le vaisseau d'AJAX s'éloigne.

COREBE.

Dieux, tout fuit ! O Pallas, que devient ta promesse !
Laisseras-tu Cassandre au pouvoir d'un cruel ?
Se peut-il qu'un foible mortel,
L'emporte sur une Déesse ?
Les flots se soulévent, et la tempête commence.

CHOEUR des peuples de Ténédos.

Ah ! Quel désordre ! Ah ! Quel ravage !
Les flots s'élévent jusqu'aux cieux...
On entend le Tonnerre.
La foudre gronde... & les vents furieux
Annoncent un fatal naufrage ?

COREBE, voyant le vaisseau de CASSANDRE repoussé vers le rivage par la tempête.

Que vois-je? A mes regards quel objet vient s'offrir?
Le vaisseau de Cassandre approche du rivage ;
Malgré les flots, malgré l'orage,
Allons la sauver ou périr.

Il sort pour secourir CASSANDRE.

CHOEUR des peuples de Ténédos.

Ah! Quel désordre! Ah! Quel ravage!
La flotte est prête à périr à nos yeux.

CHOEUR des Locriens qui sont avec AJAX.

Secourez-nous, ô dieux! O justes dieux.

SCENE VII.

COREBE, CASSANDRE,
Et les Acteurs de la Scene précédente.

COREBE, ET CASSANDRE.

Dieux tout-puissans, lancez la foudre ;
Vengez-vous, vengez-nous :
Hâtez-vous de réduire en poudre,
Un mortel qui vous brave tous.
Dieux tout-puissans, lancez la foudre ;
Vengez-vous, vengez-nous.

Pendant ce D U O, le vaiſſeau où eſt A J A X eſt
ſubmergé ; à la fin de la tempête, A J A X paroît
ſur un rocher qui eſt dans la mer, et ſur lequel
il s'eſt ſauvé.

CHOEUR des peuples de Ténédos, voyant périr
A J A X.

Ah! quel orage épouventable !
Ajax périt ! Ô deſtin déplorable !

S C E N E   V I I I.

A J A X, ſur un rocher dans la mer ; et les acteurs
de la ſcene précédente.

A J A X.

Malgré vous, Dieux cruels, malgré votre tonnerre,
J'échapperai des flots, et des vents en couroux ;
Envain vous me faites la guerre,
Mon bras repouſſera vos coups ?
Croyez-vous par la foudre & la flamme, et l'orage,
Etonner mon courage ?
Non, non, rien ne peut l'ébranler.
Le cœur d'Ajax n'eſt point fait pour trembler.

SCENE DERNIERE.

PALLAS, fur un nuage, armée des foudres de Jupiter, et les acteurs de la scene précédente.

PALLAS, à AJAX.

C'Eſt trop ſouffrir ta ſacrilege audace.
Il eſt tems de punir tes transports furieux.
Que ton exemple apprenne à reſpecter les dieux.

PALLAS lance la foudre ſur le rocher où eſt AJAX,
& le renverſe dans la mer.

CHOEUR des peuples de Ténédos, en fuiant.

O ciel ! O ſort fatal ! O funeſte diſgrace !

F I N.

A P R O B A T I O N.

J'Ai lû par ordre de monſeigueur le Chancelier, une réimpreſſion de la tragedie intitulée AJAX, A Paris, ce 21 juillet 1742.

DE MONTCRIF.

PRIVILEGE DU ROY.

LOUIS par la grace de Dieu, Roy de France & de Navarre : A nos amez & feaux Conseillers, les Gens tenans nos Cours de Parlement, Maîtres des Requêtes ordinaires de nôtre Hôtel, Grand Conseil, Prevôt de Paris, Baillifs, Sénéchaux, leurs Lieutenans-Civils, & autres nos Justiciers qu'il appartiendra, Salut. Nôtre cher & bien amé le Sieur LOUIS-ARMAND-EUGENE DE THURET, cy-devant Capitaine au Regiment de Picardie ; Nous a fait représenter que, par Arrest de nôtre Conseil du 30. May 1733. Nous avons revoqué le Privilege qui avoit été accordé au Sieur le Comte & ses Associez, pour raison de l'Academie Royale de Musique, ses circonstances & dépendances, & rétabli ledit Privilege en faveur dudit Sieur Exposant, pour en joüir par luy, ses Associez, Cessionnaires & Ayans-cause aux charges & conditions portées par ledit Arrest, pendant le temps & espace de vingt-neuf années, à compter du premier Avril de ladite année 1733. Et que pour l'exploitation dudit Privilege, ledit Sieur Exposant se trouve obligé de faire imprimer & graver les Paroles & la Musique des Opera qui doivent être représentez; mais que pour cet effet il a besoin de nôtre permission & des Lettres qu'il Nous a tres-humblement fait supplier de luy accorder. A CES CAUSES, voulant favorablement traiter ledit Exposant : Nous luy avons permis & permettons par ces Presentes de faire imprimer & graver les Paroles & Musique des Opera, Ballets & Fêtes qui ont été ou qui seront représentez par l'Academie Royale de Musique, tant séparément que conjointement en tels Volumes, forme, marge, caractere, & autant de fois que bon luy semblera, & de les faire vendre & débiter par tout nôtre Royaume, pendant le temps de vingt-neuf années consecutives, à compter du jour de la datte desdites Presentes. Faisons défenses à toutes personnes, de quelque qualité & condition qu'elles soient d'en introduire d'Impression ou Gravûre Etrangere dans aucun lieu de nôtre obéïssance : Comme aussi à tous Imprimeurs, Libraires, Graveurs, Imprimeurs, Marchands en Taille-Douce, & autres de graver, ny faire graver, imprimer, ou faire imprimer, vendre, faire vendre, débiter ny contrefaire lesdites Impressions, Planches & Figures de Paroles de Musique des Opera, Ballets & Fêtes, qui ont été ou qui seront representez par ladite Academie Royale de Musique, tant separément que conjointement en tout ny en partie, sans la permission expresse & par écrit dudit Sieur Exposant, ou de ceux qui auront droit de luy ; à peine de confiscation, tant des Planches & Figures, que des Exemplaires contrefaits & des Ustanciles qui auront servy à ladite contrefaçon, que Nous entendons être saisis en quelque lieu qu'ils soient trouvez ; de dix mille livres d'amende contre chacun des Contrevenans, dont un tiers à Nous, un tiers à l'Hôtel-Dieu de Paris, l'autre tiers audit Sieur Exposant, & de tous dépens, dommages & interests, à la charge que ces Presentes seront enregistrées tout au long sur le Registre de la Communauté des Libraires & Imprimeurs de Paris, dans trois Mois de la datte d'icelles ; Que la Gravûre & Impression desdites Paroles & Opera sera faite dans nôtre Royaume & non ailleurs, en bon papier & beaux caracteres, conformément aux Reglemens de la Librairie, & notamment à celui du dix Avril 1725. & qu'avant que de les exposer en vente, les Manuscrits gravez ou imprimez seront remis dans le même état où les Aprobations auront été données és mains de nôtre tres-cher & feal Chevalier Garde des Sceaux de France, le Sieur Chauvelin ; & qu'il en sera ensuite remis deux Exemplaires de chacun dans nôtre Bibliotheque publique, un dans celle de nôtre Château du Louvre, & un dans celle de nôtre tres-cher & feal Chevalier Garde des Sceaux de France, le Sieur Chauvelin ; Le tout à peine de nullité des Presentes ; Du contenu desquelles Vous mandons & enjoignons de faire joüir ledit Sieur Exposant, ou ses Ayans-cause, pleinement & paisiblement sans souffrir qu'il leur soit fait aucun trouble ou empeschement. Voulons que la Copie desdites presentes, qui sera imprimée tout au long au commencement ou à la fin desdites Paroles ou Opera, soit tenuë pour dûement signifiée ; & qu'aux Copies collationnées par l'un de nos amez & feaux Conseillers & Secretaires, foy soit ajoûtée comme à l'Original. Commandons au premier nôtre Huissier ou Sergent, de faire pour l'execution d'icelles tous Actes requis & necessaires, sans demander autre permission, & nonobstant Clameur de Haro, Chartre Normande & Lettres à ce contraires. CAR tel est nôtre plaisir. DONNE' à Fontainebleau le douziéme jour de Novembre, l'An de Grace mil sept cent trente-quatre, & de nôtre Regne le vingtiéme ; Et plus bas, Par le Roy en son Conseil. Signé SAINSON, avec paraphe.

J'ay cedé à M. BALLARD le present Privilege, suivant le Traité fait avec luy le premier Septembre 1730. A Paris ce 23. Novembre 1734. DE THURET.

Regitré ensemble la Cession, sur le Registre VIII. de la Chambre Royale des Libraires & Imprimeurs de Paris N. 797. fol. 779. conformément aux anciens Reglemens confirmez par celuy du 28. Fevrier 1723. A Paris, le 23. Novembre 1734. G. MARTIN Syndic.